이 순간이
끝나지 않았으면
좋겠어

네이버 그라폴리오 인기 작가 꼬닐리오가 그리는
소녀와 토끼의 따뜻한 추억 에세이

이 순간이
끝나지 않았으면
좋겠어

글·그림 꼬닐리오

위즈덤하우스

coniglioooo

♥ like : 5220

coniglioooo 😊 토끼랑 소녀랑 #HELLO SPRING

우리의 하루는

다시 돌아오지 않을 시간이기에 더 아름답고,

어제와는 다른 오늘이기에 매일이 기다려집니다.

지나가버린 시간이지만

오늘을 살아가는 힘이 되어주는 어린 시절의 추억,

미래를 알 수는 없지만 희망을 꿈꾸며

내일을 위한 이야기를 나누고 싶어서

토끼와 소녀의 두 번째 이야기를 모았습니다.

어쩌면 '나'일지도 모르고

혹은 골목에서 어울렸던 어린 날 친구의 모습과 닮아 있는

소녀와 토끼가 여러분의 마음을 꼭 안아줄 거예요.

지나간 추억의 자리와

평범하지만 소중한 일상의 순간을

함께 기억할 수 있으면 좋겠습니다.

#1 날마다 반짝이는 순간들

#2 내 마음이 꼭 너와 같아서

#3 오늘, 마음의 날씨는 어떤가요?

프롤로그

♥ 첫 만남...

그날도 지루함에 코끝이 간지러웠어.

그러다 하얗고 작고 보드라운 너를 만났지 뭐야.   자, 이제부터 우리는 함께하는 거야!

날마다
반짝이는
순간들

괜 찮 아

괜찮아, 넘어질 수도 있단다.

다시 일어나면 돼.

기억하렴, 사랑하는 내 딸.

너의 삶에서

넘어지는 것보다

다시 일어나야 하는 순간들이

더 소중하다는 걸 말이야.

12월의 떡볶이

따뜻한 불빛이
오늘도 집으로 돌아가던 우리를 유혹하지.
칼바람을 피해 천막 안으로 들어서면
고소한 냄새가 반겨준다.

떡볶이 먹을까, 순대 먹을까?

둘 다 먹으면 되지!

나 는 나

잊어버리면 안 돼요.
내 인생의 주인공은

바로 나예요.

grafolio.com/co

그 때 는 그 랬 지

서늘한 대자리에 누우면
쏟아질 듯 내게 달려들던 별 무리들.

피어오르는 모기향 틈으로 섞이던
옥수수랑 감자 삶는 구수한 냄새.

밤늦게까지 하늘을 바라보고 또 바라보며
별 빛 만 큼 가 득 찼 던 유 년 의 여 름 밤 .

그때는 그랬었지.

LIFE IS LIKE A BOX OF CHOCOLATES.
YOU WILL NEVER KNOW WHAT YOU ARE GOING TO GET.

인 생 은 초 콜 릿 상 자

인생이란 초콜릿 상자와 같아요.

열기 전까지는 뭘 집을지

알 수가 없거든요.

_영화 '포레스트 검프' 중에서

초 저 녁 의   산 책

슬금슬금 어둠이 찾아올 무렵 나선
시골길 산책.

　　귀뚜라미 소리에 귀가 쫑긋,
　　바람에 실려 오는 풀냄새에 코가 간질.

따뜻한 엄마 손 꼭 잡고 걸었던
그날 저녁이 기억나요.

겨 울 냄 새

하얗게 눈 내리는 날이면,

추운 줄도 모르고

볼이 빨개질 때까지 놀았었지.

어디로 갔을까?

얼굴에 내려앉아 인사하던 눈송이들,

뽀 드 득 소 리 내 던

　　　　눈 밭 의 못 난 이 눈 사 람 .

gotolio.com/coniglio

기 억 의   나 날 들

창가에 앉는 걸 좋아했었어.

뜬구름 같은 희미한 불안감으로 자랐던,

꽃잎처럼 예민했던 내 사춘기의 나날들.

어쩌면 햇살이 어루만져 주었는지도 몰라.

옳지, 옳지.
팔을 이쪽으로 빼고,

처
음

두 발은 이렇게

쏘옥!

서툴지만 **뿌듯**하고 두근거리던 순간!

혼자 무언가를 할 수 있었던 첫 순간을
기억하고 있나요?

gatalio.com/coniglio

기 억 을 찍 는 거 야

언젠가는 그리울
지금 이 순간, 이 기분을 위해
기억을 사진으로 남길 거예요.
그리울 때마다 한 번씩

내 마음이 훌쩍 떠날 수 있도록.

잠 이 들 고 나 면

꿈을 꾼다는 것은
나만의 새로운 세상을
만날 수 있다는 것.

마음에 휴식의 날개를
달아둔다는 것.

마음의 날씨

요즘 내 마음에는

자꾸만 비가 내려요.

엄 마 의 도 시 락

유난히도 아침잠이 많던 나는

아침 일찍 일어나는 게 정말이지 너무도 힘들었지.

알람 소리조차 제대로 듣지 못해서

엄마가 준비하는 도시락 반찬 냄새를 맡고서야 눈을 뜨곤 했어.

학교가 끝나면 가야 하는 입시학원 시간에 맞춰

하루도 빠짐없이 싸주던 엄마의 저녁 도시락.

가끔은 무거워서 엄마한테 투정을 부리기도 했었어.

책가방도 무거운데 도시락도 너무 무겁다고 말이야.

지금 생각해 보면 그저 도시락의 무게만은 아니었던 것 같아.

나 를 위 한 엄 마 의 사 랑 의 무 게 였 을 까 ?

네 가 행 복 했 으 면 좋 겠 어

언제나

그리고 어디에서라도

항상 행복했으면 좋겠어, 네이름아.

오늘 같은 날은 더욱더 말이야.

I WISH YOU HAPPY

바 람 이   불 어 오 면

우리는 알고 있어요.
바람이 불어올수록
흔 들 리 는   꽃 들 의   향 기 가
더욱 진해진다는 걸.

CHICKEN NIGHT VIEW

한 강 에 서   치 킨 을

선선한 강바람을 마주하고

반짝이는 불빛들을 바라봐요.

로맨틱한 이 순간에 빠질 수 없는 건

사랑하는 당신과 치킨.

나에게는 최고의 가을밤이에요.

gofolio.com/coniglio

Summer feeling

무더운 여름,

우 리   바 다 로   가 요 .

시원한 파도 소리에 지친 마음 달래고

반짝이는 햇살에 활짝 웃어봐요.

봄 날 의 풍 경

아빠와의 신나는 외출.

포근한 바람에 실려오는 꽃향기에

어 깨 가 들 썩 거 리 는 그 런 봄 날 .

야 옹 야 옹

옳지 옳지,   조금   더   가까이   와 보렴.

친해지고 싶은 내 마음을 알기나 하는지

다가올 듯 말 듯 도도한 모습에

한여름의 뜨거운 햇살 위로 흐르는

묘(猫)한 기분.

기 분 좋 은 밤

많은 말을 하지 않아도

오늘 하루도 씩씩하게 보냈을 당신이라는 걸 알아요.

따뜻하게 목욕 한번 하고

자는 것 어때요?

추 운 줄 도 몰 라 요

좋아하는 사람과 같이 있으면
추운 줄도 몰라요.

비 오는 날의 아이스크림

아빠 왔다!
문 여는 소리가 들리면 토도독 달려가

아빠 품에 와락!

익숙한 아빠 냄새와 섞인 장맛비 냄새도
반갑기만 해요.
아빠, 많이 기다렸어요! 아, 그리고…

아이스크림도!

달 님 이 듣 고 있 어

두 둥 실

커다란 달님이 찾아왔어요.
올해엔
무슨 소원을 빌어볼까요?

고백

당신은 알고 있을까요?
내가 얼마나 당신을 생각하는지….

당신 앞에만 서면
봄 바 람 에 흩 날 리 는 벗 꽃 만 큼
이렇게나 떨린다는 걸.

어디에 있는 거니

무심코 지나쳤던 골목에 괜스레 한 번 더 가보고
혹시나 하는 마음에 함께 갔던 공원에도 가봤어.
차가운 밤공기에 떨고 있지는 않을까,
낯선 이를 만난 것은 아닐까….
금세 꼬리를 흔들며 나타날 것만 같아서

아직 혼자 돌아갈 수가 없어.

there is the light for you

걱 정 말 아 요

괜찮아요.

걱정 말아요.

어둠이 있어 달이 밝게 빛난다는 것을

잊지 말아요.

상 상 하 는   대 로

이 세계는

우리의 상상을 펼칠 수 있는

캔버스이기도 해.

_헨리 데이비드 소로

This world is but a canvas to our imagination

달밤의 체조

그냥 잠들기에는 마음 한편이 뜨끔뜨끔.

작심삼일이어도 괜찮아!

오늘 밤만큼은

프로 다이어터가 되어보는 거야!

grafolio.com/coniglio

우 리 사 이 는

언제나 함께하고 싶은

너와 나이기에,

작지만 반짝이는 즐거움으로
시간을 채우는 우리.

우리는 정말 떼려야 뗄 수 없는
사이인가 봐.

나의 밤

별들이
친구가 되어주는 밤하늘을 바라보면
잠들지 않아도
소중한 꿈을 꿀 수 있어요.

gatfolio.com/coniglio

가을 인사

가만히 귀를 기울이면
바 스 락 바 스 락
나뭇잎들이 말을 걸어와요.
가을에 다시 만나서 반갑다고,
보고 싶었다고.

Spring melody

작은 꽃눈이 톡톡,
파릇한 잎사귀가 살금살금.

작고 아름다운 순간이 모이고 모여
어느샌가 또다시 봄이 왔어요.
당신의 삶에도 다정한 햇살이 비추는
봄이 올 거예요.

오늘 밤에는

오늘 밤은

오싹오싹 무서워도

즐거울 것 같아요!

언 제 나

엄마는

언제나 내 편이에요.

봄을 기다리며

잿빛 꿈을 삼키면서 기다려왔어요.

달콤하고 따뜻한
봄이 오기를.

5 월 의 편 지

그립고 생각나는 사람들이 많은 5월.

소중한 마음의 조각들을 모아서

안부 인사 한 통 어때요?

2

내 마음이
꼭 너와
같아서

우 리 의 밤

저 멀리 야경 속 불빛들은
혼자가 아닌 것 같아서
다행이라고 했던
네가 생각나.

겨 울 아 침

솜털마저 쭈뼛 서게 하는 차가운 공기가 무서워

겨울 아침 등굣길은 느릿느릿 거북이걸음.

엄 마 의   포 근 한   스 웨 터 에

얼굴 한 번 더 비비적대고,

"흥 해!" 하고 코 풀어주는 엄마 손 한 번 더 잡아보고.

따 뜻 해

따뜻한 봄 햇살이 내리쬐는
봄날 오후.

콩 닥 콩 닥

너에게서도
따뜻함을 느끼는 순간.

하 늘   호 수

고요한 물소리는 자장가가 되어주고
햇살 가득 하늘을 포근한 이불 삼아

스 르 르 잠 이 들 것 만 같 아 요 .

울 어 도 돼

가끔은 사소한 마음 앓이에
눈물이 솟아오를 때도 있어.
괜찮아. 그럴 땐 울어도 돼.
곁에 내가 있잖아.

grafolio.com/coniglio

더울 때는

더울 때는
물놀이가
최고예요!

또 다른 계절이 인사를 할 때면
엄마는 예쁜 냄새
가득한 이불을
정리해두곤 하셨지.

이
불
놀
이

우리는 보송보송
포근한 이불을
얼마나 사랑했었는지 몰라.

아직도 기억이 나.
작은 이불
한 겹만으로도 재밌었던
온갖 놀이를 말이야.

엄마는 알고 있을까.
나는 이불만 봐도
엄마 생각을 한다는 것을.

한 입 만!

딱 한 입만!

야아~! 안 먹는다고 해서
라면 하나만 끓였잖아!

어떡해요.
구수한 냄새에
나도 먹고 싶어졌는걸요….

하 나 도 안 추 워

아빠와 걷던 회색 하늘의 오후.

하얀 눈발이 우리에게 달려들었지만

하나도 춥지 않았어요.

grafolio.com/ conig

꽃 바 람 불 면

소
소
소

불어오는 바람결에
꽃잎들이 춤을 추고
너와 꽃길을 걷는 내 마음도
춤을 춘다.

세 상 에 서 가 장 따 뜻 했 던 저 녁

바람 소리 가득하던 그날 저녁,
너와 함께 돌아가는 길이었기에
따 뜻 했 었 어 .

이 불 밖 은 위 험 해

추운 날엔 역시 집에서 뒹굴뒹굴하는 거야.

손이 노랗게 될 때까지 귤도 까먹고

좋아하는 텔레비전도 실컷 보면서,

따끈한 이불 밑에 쏘옥!

당 신 이 어 디 에 있 어 도

당신이 어디에 있어도,
혼자라고 느껴지는 순간에도
언제나 당신을 지켜주는 존재가 있다는 걸
기 억 해 주 세 요 .

YOU ARE JUST BEAUTIFUL

godelio.com/coniglio

그 냥 너 무 예 뻐 요 !

애쓰지 않아도 괜찮아요.
당신은 그 냥 너 무 예 쁜걸요 !

행 복 한 하 루 의 시 작

아침이면 쪼르르 한걸음에 달려가요.

엄마, 아빠, 잘 잤어요?

지난밤 동안 너무 보고 싶었어요!

오늘도 사랑해요, 어제보다 더 많이!

너무너무 사랑해

우리는 너를 너무너무 사랑해!

최 고 의 소 풍

멋진 풍경

맛있는 음식

그리고 소중한 당신과 함께라면,

나에게는 충분해요!

어 딘 가 에 는

어딘가에는 있을 것만 같아요.
뻣뻣해진 내 마음 누일 수 있는

온기가 가득 찬 그곳.

OUR AUTUMN IS HERE

엄 마 생 각

바람결에 잘 익은 햇살 냄새가 실려 오면

엄마 생각이 난다.

바스락거리는 나뭇잎을 밟고 걷다 보면

또 엄마 생각이 난다.

아, 엄마 보고 싶다.

꿈꾸는 우리

지쳐가는 날들이 많아도 잊지 말아야 해요.
저 멀리 있는 하늘 보기를 말이에요.

　수 많 은　별 들 이　모 여　빛 나 는　밤 하 늘 처 럼

우리도 별처럼 빛날 순간을 기다리며,
이렇게 하루하루 최선을 다하고 있잖아요.

봄 나 들 이 가 요

똑 똑 ~ !
이렇게 싱그러운 햇살이 가득한데
집에만 있을 거예요?
우리 같이 봄나들이 가요!

바 닷 속 같 이

당신을 생각하는 나의 마음은
바닷속같이 깊어서
헤어나올 수 없어요.

비　오는　날

아무 말 없이 다가와주는

당신의 온기 때문에

내 눈물 방울이

더 커질 때가 있어요.

까 치 밥

외할머니가 그러셨다.

찬 바 람 에 아 슬 아 슬 하 게 흔 들 리 는
빨 간 홍 시 는

남겨두는 거라고.
흰 눈 날리는 겨울을 잘 넘기고
내년에 또 만나자며,
작은 친구에게 주는 올해의 선물이라고.

별 헤는 밤

계절이 지나가는 하늘에는
가을로 가득 차 있습니다.

나는 아무 걱정도 없이
가을 속의 별들을 다 헬 듯합니다.

가슴속에 하나둘 새겨지는 별을
이제 다 못 헤는 것은
쉬이 아침이 오는 까닭이요
내일 밤이 남은 까닭이요
아직 나의 청춘이 다 하지 않은 까닭입니다.

_윤동주의 '별 헤는 밤' 중에서

왜 이리 짐이 많아?

필요없는 건 다 빼라구!

준
비
됐
어
요

안 돼,

나에겐 다 필요한 것들이란 말이야.

힘을 내보자! 끙차끙차!

휴… 다 된 것 같은데?

이 제   출 발 해 볼 까 ?

엄 마 가 　 필 요 해

혼자서는 너무 무섭잖아.
나지막이 불러본다.

어 엄 마 … 　 엄 마 아 … !

엄마 손 꼭 잡고
어둠을 헤치고 으스스한 거실을 지나
화장실로 돌격!
엄마랑 함께라면 하나도 안 무서워.

나 는 어 떤 사 람 인 가 요 ?

내가 정말 좋아하는 것은 무엇인지,
내가 가장 하고 싶은 것은 무엇인지
잊고 지낼 때가 있어요.

나 는 어 떤 사 람 인 가 요 ?

나는 '나'를 잘 알고 있나요?

YOU ARE MY VITAMIN

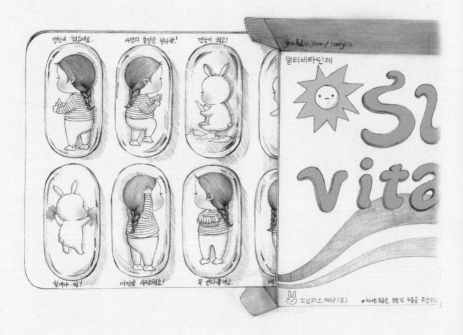

당신은 나의 비타민

나를 생각해주는
당신이 있어서
힘이 나요!

가 을 기 분

가을밤에는

좋아하는 노래를 무한 반복해서 듣기만 해도

마 음 이 말랑말랑.

좋아하는 네 곁에 앉아 있기만 해도

심 장 이 두근두근.

엄마 없는 날

엄마 다녀올게, 잘 기다릴 수 있지?

네, 네! 그럼요!
엄마 없이도 씩씩하게 잘 놀 수 있어요.

그런데…

언제 치울 거예요?

모두들 잘 자요

또 다른 일주일을 시작해야 하는 내일.
주말 동안 푹 쉬고 즐거웠나요?
맛있는 것도 많이 먹었고요?
집에서만 뒹굴뒹굴 지냈어도 괜찮아요.

내일도 행복하길 바라며
Good night.

그 대 를 위 해

작은 일에도 기뻐하며 꽃처럼 활짝 웃는 당신에게
해주고 싶은 것들이 너무너무 많지만,
가끔은 어떻게 표현해야 할지 모르겠어요.
마음대로 되지 않아서 서툴고 어려울 때도 있어요.

오 늘 은 정 말 내 마 음 보 여 줄 까 봐 요.

grafolio.com/coniglio

올 해 에 도   마 음 을   담 아

올해에도 달님을 맞이하는 순간이 왔어요.

지난해에도 괜찮았다고

올해에도 괜찮을 거라고

나, 잘할 수 있다고 다짐해요.

달님에게 내 마음과 꿈을 담아 보내요.

3

오늘,
마음의 날씨는
어떤가요?

첫 눈

어서 와!
많이 기다렸어!

무 서 워 요 !

　　어릴 적 병원에 간다는 것은

　　마치 월요일을 맞이하는

　　일요일 저녁 아홉 시 직장인의 기분.

　　엄마와 약속도 했었다.

　　주사 한 방 씩씩하게 맞고 나면

　　맛있는 짜장면을 먹기로.

　　하얀 알코올 솜이 엉덩이에 닿는 순간

　　　　온 몸 의　솜 털 이　쭈 뼛 쭈 뼛 !

　　아직 바늘이 들어가지도 않았는데

　　왜 그렇게 눈물이 났을까?

또 다 시   가 을

여름에게 작별 인사를 건네고

조심스럽게 찾아온 가을 덕분에,

깊어진 하늘과 물들어가는 일들 때문에

하 루 하 루 가   설 레 요 .

godal.io.com/coniglio

별 에 게 보 내 는 고 백

수만 광년을 날아와 인사하는 별들은
어쩌면 지금쯤 사라졌을지도 몰라요.
그러나 잊혀져가는 순간에 기억되는 아름다움이란…!

나 도 당 신 에 게 그 런 사 람 일 까 요 ?

엄 마 랑 # 1

바람결에 불어오던 달콤한 과일 향기.
싱그러운 채소 냄새.

강렬했던 바다 내음까지,
너무나도 생생하고 빛나던 오후 한때.

엄 마 랑 # 2

엄마가 읽어주는 동화책에 귀를 기울이다가

눈이 살짝 감길 때쯤,

엄마 엄마, 내 얼굴 봐요. 이쪽으로 자요.

아니야, 엄마는 나랑 보고 자야 돼!

한밤중에 시작된 엄마 쟁탈전.

작 은 선 물

따뜻한 봄 햇살을 머금고 **활짝** 핀 꽃들이
보조개를 **활짝** 피우며 웃는 네 얼굴 같아서
그냥 지나칠 수가 없었어.

바다에서

노을은
어떤 일이 생길지라도
하루를 아름답게 끝낼 수 있다는
증거예요.

Sea of my heart

달 콤 한   기 억

기억나? 집에 가는 골목길 입구
조그만 슈퍼마켓의 아이스크림.
마치 우리처럼 똑 닮은 막대 두 개가
나란히 붙어 있던 그 아이스크림 말이야.

혹시라도
잘못 쪼개지는 날엔
제각각인 크기의
아이스크림을 들고선
한 입 더 베어 물라고
고사리손으로 막대를
쓰윽 내밀곤 했었지.

이제는
너와 나누고 싶은 것들이
더 많이 생겼지만,
나는 여전히 달콤한
아이스크림 조각을 나누며
행복해하는
우리였음 좋겠어.

이 좋은 봄날에

당신과 함께할 수 있어서
정말 기뻐요.

생각의 숲

실제의 세상은
상상의 세상보다
훨씬 작다.

_프리드리히 니체

사 랑 먹 고 자 란 다

이번엔 얼마나 자랐는지 한번 볼까?

까 치 발 들 면 안 돼!

방문 한편에 표시해놓은 성장 기록.

자잘한 눈금이 모이고 또 모여

아 빠 사 랑 만 큼 쌓 였 네.

마 음 의 집

익숙한 곳도 답답해질 때가 있어요.

왜 그런지는 잘 모르겠어요.

내 마음이 머물 곳이 작아지나 봐요.

가끔 그래요

가끔씩 내가 아니고 싶을 때도 있어요.
그냥 숨는 게 편히 느껴질 때 말이에요.
어른이 된다는 건 가면을 써야 하는 일이
더 많아진다는 말일지도 몰라요.

겨 울 의 맛

좁은 골목길,

두 손에 꼬옥 붕어빵을 쥐고 지나가노라면

찬바람도 볼을 맞대고 붕어빵 냄새를

쿵 쿵 !

내 일 은 괜 찮 을 거 야

긴긴 하루를 보낸 뒤 오늘밤도 허기진 마음에….

내일은 오늘보다 낫겠지?
괜찮아, 내일 얼굴 좀 부으면 어때.
같이 먹으니까 더 맛있네.

바 스 락 바 스 락 ….

아침 꼭 먹어요!

일주일을 정신없이 달려왔더니

드디어 주말이 눈앞에 보여요!

잘 하 고 있 어 요 .

우리 오늘도 씩씩하게 하루를 시작하는 거예요.

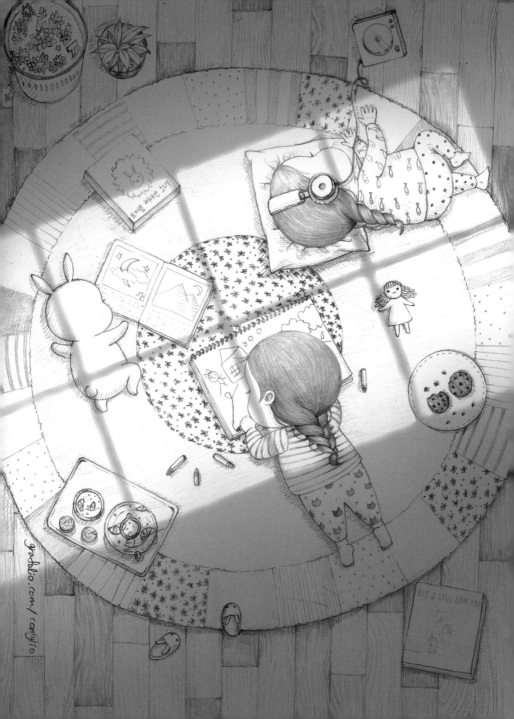

봄 날 의 오 후

길게 드리운 햇살에 잠이 솔솔.
같이 뒹굴뒹굴하기만 해도 좋은

봄 날 의 나 른 한 오 후 .

하 루 의 기 억

' 오 늘 하 루 도 괜찮았어.'

잠들기 전 나를 위한

작은 토닥임의 말.

DISPENSER OF LOVE

많이 많이

너를 위한 내 사랑이

이렇게나

많이 많이 !

이 저녁이 끝나지 않았으면 좋겠어

따뜻한 차 한 잔, 좋아하는 사람과 마주앉기,

차가운 공기 속을 춤추는 따뜻한 가로등 빛, 골목길의 다정함.

내가 좋아하는 작은 행복들을 잊는 것만큼

슬 픈 일 이 또 있 을 까 ?

최고의 여름

뭐 별거 있나요.

시원한 수박, 서늘한 선풍기 바람,

그리고 내가 좋아하는 당신과 함께라면

최고의 여름휴가인 걸요!

BEST SUMMER EVER

grafolio.com/coniglio

가 을 침 대

바스락바스락 기분 좋은 소리에
나도 모르게 슬며시 눈이 감겨요.
가 을 이 에 요.
정말 가을이 왔나 봐요.

울고 싶은 날

기운이 나질 않아요.
그냥 울고만 싶은 날이에요.

토닥토닥 위로해줄 수 있어요?

You will always find your way

.

괜찮아요, 서두르지 않아도 좋아요.

당신이 갈 수 있는 길을
꼭 찾을 수 있을 거예요.
할 수 있어요.

엄 마 어 디 갔 지 ?

낮잠 자고 일어났더니
엄마가 안 보여요.

엄 마 어 디 갔 지 ?

햇살이 마당에 통통 튀기던 그날 오후.

어서오세요,

손님.

어떤 머리를 하고 싶으세요?

나
도
예
뻐
질
거
야

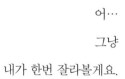

어…

그냥

내가 한번 잘라볼게요.

흠…

뭔가 이상한 것 같지만…

그래도 정말 예뻐요!

가 을   냄 새

혹시 알고 있나요?
가을 냄새를 말이에요.
곱게 물들어갈 준비를 시작하는
잎새들의 구수한 냄새,
더 깊어진 하늘색만큼 청명한 가을바람 냄새.
햇살을 머금은 풀밭에서도,
문득 펼친 책장 사이에서도….

달 님 한 테 만

달님에게만
하고픈 말이 있어요.
내 애기
들어줄 수 있나요 ?

my tropical nights

열 대 야

너무 더워요, 더위.

우리 같이
시원한 아이스크림 먹을래요?

어느 일요일 저녁 #1

후, 내일이 또 월요일이라니 믿을 수 없어.

누군가는 좋아하는 노래를 듣다가

스르르 잠이 들기도 하고.

어느 일요일 저녁 #2

누군가는 긴 긴 밤을

하얗게 지새우기도 하고.

사 랑 은

사랑은 어디에나 자란다.
말라버린 줄만 알았던 가슴에서
한 모금의 물에도 고맙다며
최 선 을   다 해   자 라 난 다 .

LOVE GROWS EVERYWHERE

헤 어 질 준 비

따스한 햇빛과 함께했던 날들을 고이 모아 담는다.
색색이 담긴 기억들을 곱게 말려서
겨우내 함께하려고.

안 녕 , 가 을 아 . 내 년 에 만 나 .

gatolio.com/coniglio

별

작은 별빛을 바라볼 수 있는
여유가 있었으면 좋겠다.
바쁘게 살아가면서도
흐 릿 한   별 빛 을   바 라 볼   때 면
생각이 나는
누군가가 있었으면 좋겠다.

달 콤 한   겨 울

문풍지 사이로 스미는

새 침 데 기   찬 바 람 도   괜 찮 아 요.

엄마의 따뜻한 무릎베개에

나도 모르게 살짝 눈이 감기는 걸요.

어떤 저녁

어떨 때는 말이죠,
창밖을 바라보기만 해도
위로가 되는 순간이 있어요.